VENTE après décès

du Mercredi 5 Avril 1911

Hôtel Drouot - Salle n° 11

à 2 h. très précises

ATELIER

DE

Émile-Louis FOUBERT

Artiste Peintre - Hors Concours

Mᵉ André COUTURIER

Commissaire-Priseur

MM. J. CHAINE & SIMONSON

Experts

Paris 1911

ATELIER

DE

Emile-Louis FOUBERT

Artiste Peintre — Hors concours

TABLEAUX

PAYSAGES & FIGURES

ÉTUDES & DESSINS

OBJETS DIVERS - MEUBLES - CHEVALETS

Gravures - Livres

TAPISSERIES ANCIENNES

Appareils de Photographie

dont la Vente par suite de DÉCÈS

AURA LIEU

HOTEL DROUOT — Salle N° 11

le Mercredi 5 Avril 1911

à 2 heures très précises

Mᵉ André Couturier	MM. J. Chaine & Simonson
COMMISSAIRE-PRISEUR	EXPERTS
56, Rue de la Victoire, 56	19, Rue Caumartin, 19

CHEZ LESQUELS ON DÉLIVRE LE CATALOGUE

EXPOSITION PUBLIQUE

Le Mardi 4 Avril 1911, de 1 h. 1/2 à 5 h. 1/2

CONDITIONS DE LA VENTE

Elle sera faite au comptant.

Les adjudicataires paieront *dix pour cent* en sus des enchères.

Imprimerie Henri SCHILLER, 3, Place de la République

DÉSIGNATION

PAYSAGES

1. — *Entrée du petit bras de la Seine à Vétheuil.*

> Toile Haut. 0m60 ; Larg. 0m81.

2. — *Berge fleurie au bord de la Seine ; Vétheuil.*

> Toile Haut. 0m60 : Larg. 0m81

3. — *Les saules au bord de la Seine ; Vétheuil.*

> Toile Haut. 0m55 : Larg. 0m46.

4. — *Sentier au bord du petit bras à Vétheuil.*

> Toile Haut. 0m55 ; Larg. 0m46.

5. — *La côte à Vétheuil.*

> Toile Haut. 0m50 ; Larg. 0m61.

6. — *La pointe de l'Ile à Vétheuil.*

> Toile Haut. 0m38 ; Larg. 0m56.

7. — *Le petit bras de la Seine ; Vétheuil.*

> Toile Haut. 0m38 ; Larg. 0m56.

8. — *L'Ile St-Martin ; Vétheuil.*

Toile Haut. 0^{m}38; Larg. 0^{m}56.

9. — *Le grand bras de la Seine; Vétheuil.*

Toile Haut. 0^{m}38; Larg. 0^{m}56.

10. — *Les Iles; Vétheuil.*

Toile Haut. 0^{m}38; Larg. 0^{m}56.

11. — *Dans le bras moyen à Vétheuil.*

Toile Haut. 0^{m}38 ; Larg. 0^{m}56.

12. — *La partie de pêche au bord de la Marne à Joinville-le-Pont.*

Toile Haut. 0^{m}38 ; Larg. 0^{m}46.

13. — *Vieille cour à Pont-de-l'Arche (Eure).*

Toile Haut. 0^{m}38; Larg. 0^{m}46.

14. — *La boutique du pêcheur ; Vétheuil.*

Bois Haut. 0^{m}33; Larg. 0^{m}41.

15. — *Rue de l'Église à Vétheuil.*

Bois Haut. 0^{m}33; Larg. 0^{m}41.

16. — *Le soir à Vétheuil.*

Bois Haut. 0^{m}33; Larg. 0^{m}41.

17. — *Chardons en fleurs; Vétheuil.*

Bois Haut. 0^{m}29; Larg. 0^{m}40.

18. — *Une ruelle à St-Jean-les-Deux-Jumeaux.
(Seine-&-Marne).*

Bois Haut. 0m33; Larg. 0m41.

19. — *Matinée d'été à Vétheuil.*

Bois Haut. 0m33; Larg. 0m41.

20. — *Une rue à Pont-de-l'Arche (Eure).*

Toile Haut. 0m55; Larg. 0m46.

21. — *Dans le bras moyen ; Vétheuil.*

Bois Haut. 0m33; Larg. 0m41.

22. — *Les Meules; Vétheuil.*

Bois Haut. 0m33; Larg. 0m41

23. — *La Seine à Tournedos.*

Bois Haut. 0m33; Larg. 0m41.

24. — *La Saulaie; Vétheuil.*

Bois Haut. 0m33; Larg. 0m41.

25. — *La Seine; temps gris; Vétheuil.*

Bois Haut. 0m33; Larg. 0m41.

26. — *Les vieux pommiers.*

Bois Haut. 0m33; Larg. 0m41.

27. — *Le bateau du tireur de sable; Vétheuil.*

Bois Haut. 0m33; Larg. 0m41.

28. — *Le talus à Vétheuil.*

Bois Haut. 0m33; Larg. 0m41.

29, — *La Seine à St-Martin.*

Bois Haut. 0^{m}33; Larg. 0^{m}41.

30. — *Vieux saules; Vétheuil.*

Bois Haut. 0^{m}33; Larg. 0^{m}41.

31. — *Vétheuil vu des îles.*

Bois Haut. 0^{m}33; Larg. 0^{m}41.

32. — *La péniche; le soir.*

Bois Haut. 0^{m}33; Larg. 0^{m}41.

33. — *L'entrée du bras moyen à Vétheuil.*

Bois Haut. 0^{m}33; Larg. 0^{m}41.

34. — *Le pêcheur de goujons.*

Bois Haut. 0^{m}33; Larg. 0^{m}41.

35. — *Les nénuphars.*

Bois Haut. 0^{m}33 ; Larg. 0^{m}41.

36. — *La Marne à Joinville-le-Pont.*

Bois Haut. 0^{m}33; Larg. 0^{m}41.

37. — *Les Saules.*

Bois Haut. 0^{m}33; Larg. 0^{m}41.

38. — *Là Seine à Muits (Eure).*

Bois Haut. 0^{m}33; Larg. 0^{m}41.

39. — *Le pêcheur à la ligne.*

Bois Haut. 0^{m}33; Larg. 0^{m}41.

40. — *La berge à Vétheuil.*

Bois Haut. 0m33; Larg. 0m41.

41. — *La Seine à Tournedos.*

Bois Haut. 0m33; Larg. 0m41.

42. — *La Seine à Vétheuil.*

Bois Haut. 0m33; Larg. 0m41.

43. — *Dans le bras moyen à Vétheuil.*

Bois Haut. 0m33; Larg. 0m41.

44. — *La pointe de l'Ile à Vétheuil.*

Bois Haut. 0m33; Larg. 0m41.

45. — *Le pêcheur à la ligne.*

Bois Haut. 0m33; Larg. 0m41.

46. — *Le village de St-Jean-les-Deux-Jumeaux.*

Bois Haut. 0m26; Larg. 0m41.

47. — *Les saules.*

Bois Haut. 0m26; Larg. 0m41.

48. — *Barques dans les roseaux.*

Bois Haut. 0m24; Larg. 0m41.

49. — *Dans le petit bras à Vétheuil.*

Bois Haut. 0m26; Larg. 0m34.

50. — *Chemin au bord de l'eau.*

Bois Haut. 0m26; Larg. 0m34.

51. — *Jacqueline, maître Pierre et Louis XI.*

(Quentin-Durward)

Toile Haut. 0m32; Larg. 0m25.

52. — *Laveuses au bord de la Seine.*

Bois Haut. 0m26; Larg. 0m34.

53. — *Les nénuphars.*

Bois Haut. 0m26; Larg. 0m34.

54. — *Chemin au bord de l'eau.*

Bois Haut. 0m26; Larg. 0m34.

55. — *Les berges du petit bras; Vétheuil.*

Bois Haut. 0m26; Larg. 0m34.

56. — *Berges fleuries.*

Bois Haut. 0m26; Larg. 0m34.

57. — *Les saules au soleil.*

Bois Haut. 0m26; Larg. 0m34.

58. — *L'Église de Vétheuil vue du petit bras.*

Bois Haut. 0m26; Larg. 0m34.

59. — *Le soir à Vétheuil.*

Bois Haut. 0m26; Larg. 0m34.

60. — *Dans les îles à Vétheuil.*

Bois Haut. 0m26; Larg. 0m34.

61. — *Le pêcheur et Seine.*

Bois Haut. 0m26; Larg. 0m34.

62. — *Le chemin de halage à Lavacourt.*

Bois Haut. 0m25; Larg. 0m31.

63. — *La Seine à Vétheuil.*

Bois Haut. 0m24; Larg. 0m33.

64. — *Etude à l'Exposition de 1900.*

Bois Haut. 0m24; Larg. 0m33.

65. — *Etude à l'Exposition de 1900.*

Bois Haut. 0m24; Larg. 0m33.

66. — *La Seine à Muits.*

Bois Haut. 0m22; Larg. 0m33.

67. — *Le bras mort à Pont-de-l'Arche (Eure).*

Bois Haut. 0m22; Larg. 0m33.

68. — *Le Pont Alexandre III*

Bois Haut. 0m23; Larg. 0m32.

69. — *La côte de Chantemesle.*

Bois Haut. 0m23; Larg. 0m33.

70. — *Petit pont sur le ru de St-Jean-les-Deux-Jumeaux.*

Bois Haut. 0m24; Larg. 0m33.

71. — *Saules coupés.*

Bois Haut. 0m24; Larg. 0m33.

72. — *La côte des Millonnais.*

Bois Haut. 0m27; Larg. 0m41.

73. — *L'entrée des îles à Vétheuil.*

> Bois Haut $0^{m}26$; Larg. $0^{m}35$.

74. — *A l'ombre dans le petit bras à Vétheuil.*

> Bois Haut. $0^{m}26$; Larg. $0^{m}35$.

75. — *Matinée d'été à Vétheuil.*

> Bois Haut. $0^{m}24$; Larg. $0^{m}33$.

76. — *L'Eglise de Léry (Eure).*

> Bois Haut. $0^{m}24$; Larg. $0^{m}33$.

77. — *La Seine vue des hauteurs de Chantemesle.*

> Bois Haut. $0^{m}26$; Larg. $0^{m}40$.

78. — *L'Eglise de Vétheuil.*

> Bois Haut. $0^{m}26$: Larg. $0^{m}40$.

79. — *Pêcheurs à l'ombre.*

> Bois Haut. $0^{m}26$; Larg. $0^{m}40$.

80. — *Chemin au bord de la Seine.*

> Bois Haut. $0^{m}26$; Larg. $0^{m}34$.

81. — *Les berges de la Seine en été ; Vétheuil.*

> Bois Haut. $0^{m}26$; Larg. $0^{m}35$.

82. — *Le chemin de la Plâtrière.*

> Bois Haut. $0^{m}26$; Larg. $0^{m}35$.

83. — *Vue de l'Eglise de Chinon.*

> Bois Haut. $0^{m}26$: Larg. $0^{m}35$.

84. — *Le tisserand.*

> Bois Haut. 0^m26 ; Larg. 0^m35.

85. — *Vue de Chinon.*

> Bois Haut. 0^m26 ; Larg. 0^m35.

86. — *Bords de la Loire.*

> Bois Haut. 0^m26 ; Larg. 0^m35.

87. — *Fileuse sur la route de Chinon.*

> Bois Haut. 0^m26 ; Larg. 0^m35.

88. — *Etang en Vendée.*

> Bois Haut. 0^m26 ; Haut. 0^m35.

89. — *Une cour aux environs de Chinon.*

> Bois Haut. 0^m35 ; Haut. 0^m26.

90. — *Etude aux environs de Chinon.*

> Bois Haut. 0^m35 ; Haut. 0^m26.

91. — *Uue rue à Chinon.*

> Bois Haut. 0^m35 ; Haut. 0^m26.

92. — *Habitation dans la carrière.*

> Bois Haut. 0^m35 ; Haut. 0^m26.

93. — *Tanneries au bord de la Vienne.*

> Bois Haut. 0^m35 ; Larg. 0^m26.

94. — *La carrière à Chinon.*

> Bois Haut. 0^m35 ; Larg. 0^m26.

95. — *Le port de Concarneau.*

Bois Haut. 0m26; Larg. 0m35.

96. — *Un Château en Touraine.*

Bois Haut. 0m26; Larg. 0m35.

97. — *La Loire des hauteurs de Chinon.*

Bois Haut. 0m26; Larg. 0m35.

98. — *Pêcheurs au bord de la Vienne.*

Bois Haut. 0m26; Larg. 0m35.

99. — *Attelage en Bretagne.*

Bois Haut. 0m   ; Larg. 0m   .

100. — *Laveuses au bord de la Vienne.*

Bois Haut. 0m26; Larg. 0m35.

101. — *Les îles vues de Lavacourt.*

Carton Haut. 0m22; Larg. 0m27.

102. — *L'Eglise de Vétheuil.*

Carton Haut. 0m22; Larg. 0m27.

103. — *La Seine à Vétheuil.*

104 à 130. — *Etudes sur panneaux.*

Haut. 0m15; Larg. 0m23.

FIGURES

131. — *La balançoire.*

> Toile Haut. 0ᵐ35 ; Larg. 0ᵐ55.

132. — *Le jeu du volant.*

> Toile Haut. 0ᵐ39 ; Larg. 0ᵐ55.

133. — *Le violoniste ; Etude de nu.*

> Toile Haut. 0ᵐ60 ; Larg. 0ᵐ38.

FUSAINS

134 à 144. — *Paysages dessins au fusain,
encadrés ; division.*

145. — *Dessins en carton ; division.*

146. — *Gravures lithographies ; division.*

147. — *Photographies et reproductions.*

TABLEAUX

PAR DIVERS ARTISTES

WILLETTE A.

148. — *Allégorie ; Dessin.*

BRANDON

149. — *Portrait de Corot ; Dessin.*

PELOUSE G.

150. — *Bords de rivière.*

SIGNÉ A GAUCHE.

Toile Haut. 0m38; Larg. 0m55.

151. — *Etude de nénuphars.*

Toile Haut. 0m38; Larg. 0m55.

GERVAIS

152. — *Projet de plafond.*

OBJETS DIVERS

MEUBLES et TAFISSERIES

153. — Portrait de Franklin.

Terre-cuite par Nini; daté 1777.

154. — Horloge Louis XIII.

155. — Coffre bois de plaquage ; Alsace.

156. — Coffre en noyer sculpté ; français.

157. — Commode à trois tiroirs, garnie de bronzes.

**158. — Grand fauteuil garni de cuir dos et siège
et orné de clous de cuivre.**

159. — Lot d'appareils de photographie.

160. — Chevalets, vis en fer.

161. — Portière en tapisserie.

Haut. 2^{m}20; Larg. 1^m.

162. — Morceaux de tapisserie, verdure.

LIVRES

163. — Le costume historique.
par Racinet.

164. — Lot de catalogues du Salon des Artistes
français.